本書的小主人是：

歡迎來到菲姊妹的

俏鼠菲姊

俏鼠菲姊妹 Tea Stilton

紐約連環縱火案之謎

菲 · 史提頓
Tea Stilton

新雅文化事業有限公司
www.sunya.com.hk

俏鼠菲姊妹 6

紐約連環縱火案之謎

GROSSO GUAIO A NEW YORK

作者：Tea Stilton　菲・史提頓
譯者：孫傲
責任編輯：胡頌茵
中文版封面設計：李成宇
中文版內文設計：劉蔚
插圖繪畫：Alessandro Battan, Jacopo Brandi, Monica Catalano,
　　　　　Carlo Alberto Fiaschi, Michela Frare, Daniela Geremia, Sonia Matrone,
　　　　　Elisabetta Melaranci, Marco Meloni, Roberta Pierpaoli, Arianna Rea,
　　　　　Maurizio Roggerone, Raffaella Seccia, Roberta Tedeschi,
　　　　　Tania Boccalini, Alessandra Bracaglia, Connie Daidone,
　　　　　Ketty Formaggio, Nicola Pasquetto, Elena Sanjust and
　　　　　Micaela Tangorra
內文設計：Paola Cantoni and Michela Battaglin
出　　版：新雅文化事業有限公司
　　　　　香港英皇道499號北角工業大廈18樓
　　　　　電話：(852) 2138 7998　傳真：(852) 2597 4003
　　　　　網址：http://www.sunya.com.hk
　　　　　電郵：marketing@sunya.com.hk
發　　行：香港聯合書刊物流有限公司
　　　　　地址：香港新界大埔汀麗路36號中華商務印刷大廈3字樓
　　　　　電話：(852) 2150 2100　傳真：(852) 2407 3062
　　　　　電郵：info@suplogistics.com.hk
印　　刷：C&C Offset Printing Co., Ltd.
　　　　　香港新界大埔汀麗路36號
版　　次：二〇一五年十月初版
　　　　　10 9 8 7 6 5 4 3 2 1
版權所有 • 不准翻印
繁體中文版版權由Edizioni Piemme 授予
http://www.geronimostilton.com
Based on an original idea by Elisabetta Dami.

 大家好，我是菲！

　　我，菲‧史提頓，是老鼠島上最有名的《鼠民公報》的特約記者！我愛旅行、愛冒險，也喜歡認識世界各地的朋友！

　　我畢業於陶福特大學，我曾經在那兒教授新聞學，並認識了五個很特別的女孩：妮基、科萊塔、薇歐萊特、寶琳娜和潘蜜拉。這是一羣很能幹的女孩，她們之間有着真摯的友誼。

　　出於對我的喜愛，她們以我的名字成立了一個團體：俏鼠菲姊妹。這讓我十分感動，因此，我決定親自講述她們的神奇冒險經歷，那可是一些非常有意思的、真正的冒險奇遇……

俏鼠菲姊妹！

名字：妮基

昵稱：妮可

故鄉：澳洲（大洋洲）

夢想：從事與生態學有關的職業！

愛好：喜歡戶外活動、親近大自然！

優點：只要是在戶外，心情總很好！

缺點：停不下來！

秘密：有幽閉恐懼症，受不了密閉的空間！

妮基

科萊塔

名字：科萊塔

昵稱：蔻蔻

故鄉：法國（歐洲）

夢想：成為一名時尚記者！

愛好：喜歡一切粉紅色的事物！

優點：非常勇敢，樂於助人！

缺點：遲到！

秘密：放鬆方式是洗頭、燙鬈髮或做美甲！

科萊塔

名字：薇歐萊特

昵稱：薇薇

薇歐萊特

故鄉：中國（亞洲）

夢想：成為一位知名小提琴手！

愛好：學習！

優點：非常嚴謹，喜歡認識、了解新事物！

缺點：易怒，不喜歡被開玩笑！沒睡足就無法集中精力！

秘密：放鬆方式是聽古典音樂、喝果味綠茶！

薇歐萊特

名字：寶琳娜

昵稱：比拉

故鄉：秘魯（南美洲）

夢想：成為科學家！

愛好：喜歡旅行、結交全世界的朋友！

優點：典型的利他主義者！

缺點：害羞、糊塗。

秘密：電腦問題對她來說易如反掌，

再難也難不倒她！

寶琳娜

寶琳娜

名字：潘蜜拉

昵稱：帕咪

故鄉：坦桑尼亞（非洲）

夢想：成為體育記者或汽車修理技工！

愛好：癡迷薄餅！

優點：處事果斷，愛好和平！討厭爭吵！

缺點：衝動！

秘密：只要一把螺絲刀、一個扳手，她就能修理好所有的問題車輛！

潘蜜拉

你想成為菲姊妹中的一員嗎？

名字：＿＿＿＿＿＿＿＿＿＿＿＿＿

昵稱：＿＿＿＿＿＿＿＿＿＿＿＿＿

故鄉：＿＿＿＿＿＿＿＿＿＿＿＿＿＿＿＿＿＿

夢想：＿＿＿＿＿＿＿＿＿＿＿＿＿＿＿＿＿＿

愛好：＿＿＿＿＿＿＿＿＿＿＿＿＿＿＿＿＿＿

優點：＿＿＿＿＿＿＿＿＿＿＿＿＿＿＿＿＿＿

缺點：＿＿＿＿＿＿＿＿＿＿＿＿＿＿＿＿＿＿

秘密：＿＿＿＿＿＿＿＿＿＿＿＿＿＿＿＿＿＿

把你的名字寫在這裏！

把你的照片貼在這兒！

目錄

朋友們，你們好！

你們想幫助菲姊妹解開各種謎題嗎？這可不是件容易的事，不過只要按照故事中的指示看下去，也沒有多麼難啦！

當你們看到這個放大鏡時，要格外注意：因為這意味着這一頁會有重要的線索。

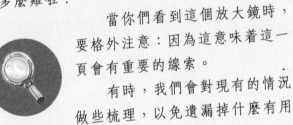

有時，我們會對現有的情況做些梳理，以免遺漏掉什麼有用的線索。

那麼，你們準備好了嗎？

一個神秘的冒險故事正在等待你們呢！

鯨魚島

一個秋日晴朗的早上，我登上了開往**鯨魚島**的水翼船。

我坐在柔軟的沙發椅上，從船艙的玻璃窗往外看，欣賞着十一月的**太陽**。一想到要回到**陶福特大學**，我內心便充滿了喜悅。

這次陶福特大學的校長，**奧塔夫**先生，邀請我參加一個神秘的活動，要我儘快回到陶

福特大學。對，一個神秘的活動，校長先生在電話裏的確是這麼説的，但到底是什麼活動呢？他卻賣了一個關子，沒有詳細説明。

就這樣，當我徵得哥哥謝利連摩·史提頓（他是老鼠島上最有名的**報紙**《鼠民公報》的主編）的批准後，我馬上整理一下手頭上的工作，便暫時告別了辦公室。

我**迅速**收拾好行李後，便從托帕紫亞乘搭**水翼船**出發前往陶福特大學了。

瓦內吉奧·賽特貝雷菈所駕駛的水翼船是我來往老鼠島和鯨魚島惟一的交通工具！

「史提頓**小姐**，我們還需要一會兒才能到達鯨魚島！」

「之前我告訴您，我正在趕時間的時候，

您向我保證過我們不會遲到的，但現在……」

　　海上出現了一道小海浪，瓦內吉奧開始小心翼翼地繞道行駛。這意味着我將要多花一倍的時間才能到達目的地，我心裏十分焦急。

　　我走進駕駛艙問瓦內吉奧：「您在做什麼啊？這樣的行駛速度，我們得明天才能到達鯨魚島了！」

　　他卻指着前面近乎平靜的海面，說：「有海浪！如果我們衝過去的話，這艘剛剛粉刷過的船身會被海浪拍打弄花的！」

　　我真是被他的回答氣得翻白眼呢！做事總得要分緩急輕重啊，真是的！我禮貌地請瓦內吉奧讓開，然後坐到船隻操作控制台前。

　　我加大了水翼船的發動機引擎的馬力，控制着船舵，讓它保持水平狀態，讓船身巧妙地駛過海面上小小的海浪。

隆隆隆隆　隆隆隆隆隆

鯨魚　　　　島

不一會兒，鯨魚島就出現在海平線上。

我不禁揚聲大喊：「瓦內吉奧，記着遇到麻煩躲不過去的話，那就要迎難而上！」

這是菲・史提頓的語錄！

菲，快點兒！

終於，我依時趕到**陶福特**大學赴約了！

直到現在，我仍然是一頭霧水，還是想不通校長先生心急如焚地催促我趕來的原因呢！

我本以為**俏鼠菲姊妹**會在學校裏等着迎接我的，但是眼前的情況卻令我感到很意外。

在學校大門前，我沒有看到**妮基**、**寶琳娜**、**薇歐萊特**、**潘蜜拉**和**科萊塔**，只有校長站在那裏。

這情況有點不對勁呀！

校長先生一看到我，便高聲喊道：「菲！

時間剛剛好呢！快點兒！馬拉松快要開始
了！」

「**馬拉松？！**」

在蜥蝪俱樂部大廳裏，全體師生已經
聚首一堂。

原來，大家聚在大廳裏是為了觀看紐約馬
拉松比賽的電視直播。

這麼說，這就是我被邀請來參加的**神秘**活動？

紐約馬拉松大賽

紐約馬拉松是一項非常有名的體育盛事，名列世界五大馬拉松賽事之一。每年11月於美國紐約舉行，馬拉松比賽全程共42.195公里。

紐約馬拉松是由紐約路跑者組織(New York Road Runners)於1970年創辦的，至今已有45年歷史，當時共有127名參賽者，共55人獲得名次，比賽的路線是繞着中央公園(Central Park)跑圈。1976年，為了慶祝美國獨立宣言通過兩百周年，比賽的路線改為穿越紐約各區，象徵不同種族文化的融合。隨後，紐約馬拉松的比賽人數不斷遞增，比賽規模漸漸變得聲勢浩大。在2006年的比賽中，參賽者人數更達到38,868人，其中只有499人沒有衝過終點線。這個比賽每年都吸引成千上萬來自世界各地的選手或觀眾前來紐約。比賽進行期間，沿路上都擠滿了觀賽的羣眾，他們用吶喊、歌聲和舞蹈為參賽者們加油和打氣。因此，從比賽規模和參賽人數便可見，紐約馬拉松真是一場壯觀的體育界盛事！

準備好歡呼了嗎？

　　我一走進大廳，便感到自己瞬間淹沒在茫茫**鼠海**中。

　　真是隆重的歡迎儀式！面對大家的熱情，我感到有些不好意思。

什麼……歡迎？

　　在大廳裏，有很多學生雙手**揮舞着**圍巾和旗幟，似乎在**熱情地**和我打招呼。

　　「非常感謝！」我**微笑**道，「其實你們不用為我大費周章準備這一切！」

　　「嗯……**親愛的菲**……」校長小聲地在我耳邊說，「他們的意思是請你讓開一下——你剛擋住屏幕了！」

啊！我沒注意到身後有一個正在直播**馬拉松比賽**的大型電視。

哎呀！我真想找個地洞鑽進去！

我找了身旁的一張椅子坐下，然後一抬頭就**注意到**在大屏幕的左下方，還有一個小屏幕。

我看見了什麼？

「妮基！」我驚訝地喊出聲來。

真的是她，妮基在**紐約**街道的參賽選手羣中！

「喜歡這驚喜嗎？」校長向我眨了眨眼睛，「妮基是代表陶福特大學參賽的，**菲姊妹們**正在旁邊給她加油。你在這個小屏幕上看到的視像是寶琳娜通過網絡傳送給我們的！」

我撿起了一面彩旗，開始大聲喊起來：

「**加油，妮基！ 陶福特萬歲！！！**」

當大家都在為妮基喝彩加油時，我注意到妮基一臉疲憊地盯著一個離她不遠的選手。那個選手的衣服上有個我很熟悉的校徽：銀色的背景，一條藍色的蛇纏繞在周圍。這是陶福特大學的老對手**鼠脊大學**的標誌！

妮基　　鼠脊大學的選手

「**加油，陶福特！**」我喊道。

那一刻，我忽然意識到我的新書將有一個非常**精彩的**故事⋯⋯

紐約

紐約位於美國東岸，是世界上最重要的海港城市之一。

今天的紐約分為五大行政區：曼哈頓區、布朗克斯區、皇后區、布魯克林區和斯坦頓島。

在紐約的人口中，大部分為

海外移民，約有三分之一以上的人口是非美國本地出生的，而且當地的人口有多樣化的特性，有二百多個種族，語言多達八百多種。

挑戰

故事是這樣開始的……

秋天，陶福特大學。

新的學期開始了，大家都忙於學習，上課、做習作和聽講座。

菲姊妹和所有在校的學生一樣，她們**精神奕奕**、**神采飛揚**地迎接新學期。

在新學期裏，妮基有着更大的動力，也可說是精彩的挑戰。她決定要實現自己的夢想，去參加**紐約**馬拉松比賽！

於是，妮基便開始訓練，她每天堅持早起，在清晨練習跑步。她的長跑訓練路線是沿着**山路**跑，穿過運動場，一直跑到海邊的沙灘。

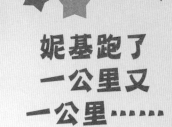

妮基跑了
一公里又
一公里……

上斜坡……

下斜坡……

一直跑到海邊的沙灘。

菲姊妹們則以
各種方式給她支持！

妮基無懼風雨，不管在**烈日**下、**大雨**中，或**順風逆風**，或**上斜坡** **下斜坡**，她都會堅持訓練，跑了很多很多公里。

對於運動員來說，馬拉松比賽前的訓練異常艱苦，是非常**磨煉運動員的意志**的。

這一點妮基很清楚！

但妮基並不是孤身戰鬥的，因為她不但有菲姊妹的各種支持，而且也得到了另一隻鼠最有力的**支持**……

比賽前夕，陶福特大學的**校長**把菲姊妹叫到他的辦公室。

奇怪……

「我知道妮基正在為紐約馬拉松比賽做準備。」校長把雙手放在背後，嚴肅地說。

女孩們互相**對望**了一眼。

「好吧！」校長忽然指着妮基說道。

妮基 *嚇了一跳*，心想校長該不會反對她去參加馬拉松比賽吧？

「你可以去參加紐約馬拉松比賽，但是有一個條件，那就是你必須全力以赴，要爭取**榮譽**回來！」

起初，妮基和**菲姊妹們**都很驚訝，但思考片刻後，她們都笑了。

校長繼續説：「這次你參加紐約馬拉松比賽，你所代表的不僅僅是你個人，也是代表我們陶福特大學學生的**風采**！」

女孩們看了看妮基，追問校長：「這是什麼意思？」

校長回答道：「據我所知，我們的老對手**鼠脊大學**有一個叫海爾格・鮑曼的女學生也會參賽。她似乎是一位很有實力的選手，但我敢打賭你一定會成為她最強勁的**對手**，為我們**大學**贏得榮譽！因此，此刻，我要先代表

學校感謝你！」

　　然後，校長從抽屜裏拿出一件**漂亮的**運動服，上面印有陶福特大學的校徽。

真是受寵若驚啊！

　　妮基榮獲校長的授命，頓時感到責任重大，卻又很自豪，內心充滿了力量和幹勁。

「這件衣服對我來說是極大的榮耀！」妮基感動地說道。

「加油，陶福特！加油，妮基！」

菲姊妹大聲地吶喊。

「你們四個……」校長轉身朝寶琳娜、潘蜜拉、薇歐萊特和科萊塔說，「我相信你們在這場比賽中會給妮基送上最有力的**支持**！所以，你們也跟妮基一起去紐約吧！」

這一次，輪到校長開心地笑了。

紐約，我們來了！

出發的日子**很快**就到了。

經過漫長的討論、無數次的檢查，菲姊妹終於準備好行李了。

潘蜜拉、薇歐萊特、寶琳娜和妮基最終說服**科萊塔**只帶一個行李箱，那是她準備好的

文斯　弗洛　山姆　　　　　貝絲

潘蜜拉

嘎斯

六個行李箱中的第一個。

俏鼠菲姊妹們的心情很**激動**。不僅僅是因為姊妹們將要出發去**紐約**這樣**美麗的**城市，也是因為她們將趁這次機會到潘蜜拉家裏做客。她們將會見到潘蜜拉家族的全體成員，也就是塔谷一家！

薇歐萊特曾經這樣問過潘蜜拉：「你們怎

塔谷家的全體成員

斯比克

祖　　JT爸爸　　歐柏克爺爺

佩吉　　格斯　　桑迪媽媽

麼招待我們啊？！你們家已經有12隻鼠了！」

「加上歐柏克爺爺，一共是13隻鼠！」潘蜜拉微笑着糾正她說，「不過我們家還不算什麼！我認識一個叫**奇喬·埃斯波西圖**的老鼠，他有18個孩子！」

　　「你是怎麼認識他的？」科萊塔問道。

　　「他是我爸爸的**師父**。」**潘蜜拉**回答道，「他給我爸爸傳授了一道做真正地道的拿

奇喬·埃斯波西圖

小時候的JT爸爸

坡里薄餅的秘方！後來，當他要**回去**意大利時，就把房子和商舖都轉讓給我爸爸。」

「我父母為了翻新薄餅店，幾乎花掉了他們所有的積蓄，本來，他們應該退了休的⋯⋯現在我非常期待看到它！」

潘蜜拉**非常高興**能夠和自己的**最好**朋友們一起回家。

「我非常高興能在大蘋果招待你們！」

科萊塔盯着她，驚訝地問：「不好意思？你的家在⋯⋯一個大蘋果裏面？」

寶琳娜笑着解釋：「『大蘋果』——*The Big Apple*是紐約市的綽號！」

「我們最好現在就**出發**。」妮基看了一眼時間，催促大家，「瓦內吉奧船長十分守時的，哪怕是乘客遲到一分鐘，他也不願意多等！」

陶福特大學**體育俱樂部**的成員陪着菲姊

妹來到港口，前往老鼠島的水翼船正在那兒等着她們。

陶福特大學的校旗在風中愉快地飛舞着。

一個大橫額上寫着祝福語：**旅途愉快**。

船剛從碼頭起航，潘蜜拉就興奮地大聲喊道：「**紐約，我們來了！**」

她恨不得馬上就到達**紐約**，因為那可是她出生和成長的城市！一想到馬上就能見到自己親愛的家鼠，她就更迫不及待了！

奇怪的照面

在機場入口處，一個**瘦小**的長腿女孩推着體積**超大**的行李在菲姊妹旁**經過**。

這個女孩一身**運動**裝打扮，衣服上繡着**鼠脊大學**的校徽。

妮基喊道：「那個一定是鼠脊大學的運動員！」

說着，妮基**主動**上前打招呼：「你好！我是陶福特大學的妮基。我也是來參加**馬拉松比賽**的！」

女孩看了看妮基，說：「妮基，我祝你能完成比賽到達終點！」

在女孩的後面，有一隻成年鼠正拿着很多行李，他示意女孩的動作**快一點**。

「那個給她提行李的鼠是誰？」潘蜜拉問。

「那是她的父親。」妮基回答道。

「據說，他很年輕的時候就奪得**橄欖球**冠軍了。」

毫無疑問，現在，她的父親是她的教練，而且對她要求非常**嚴格**！

薇歐萊特**微笑**道：「如果他教女兒跑步和給她教養一樣的話……親愛的妮基，你已經贏了！」

紐約！紐約！

中午剛過，女孩們就從機場出發了，五個**好朋友**抵達**紐約**的時候還是下午。

當她們到達紐約時，紐約的天空有些**多雲**。

潘蜜拉撅着嘴有點不高興，她感到這個天氣好像在故意跟她**作對**。她希望這個城市能給朋友們留下好印象！

妮基卻覺得挺好：「幸好沒有**太陽**！希望這樣的天氣能持續到馬拉松比賽結束。在炎炎烈日下，要跑完**四十二**公里，那可是世界上最痛苦的事情！」

聽到妮基這麼說，潘蜜拉**高興地**笑了。她帶着朋友們沿着機場通道向出口處走去。

她的哥哥文斯應該會在那兒等着迎接她
們。

但是……

　　「怎麼沒看見文斯？」潘蜜拉疑惑道，
「難道他遲到了？」

　　寶琳娜四周**掃視**了一圈，她很高興能看
到來自世界各地的遊客：印第安、中國、中
東……

　　看着看着，她看到一個接機牌，上面寫
着：**俏鼠菲姊妹**。

　　女孩們跑了過去。

　　「嗨，女孩們！」一個男孩老遠就向她們
微笑着打招呼。這個男孩一笑，就露出一副
潔白的牙齒。

　　「我叫帕爾桑，是文斯叫我來的。你們就
是陶福特大學的**學生**吧？」

　　「是的！」潘蜜拉沒好氣地回答道。

　　她正想問個究竟呢，但帕爾桑已經一把接過她手裏的行李，熱情地招呼着：「走這邊！潘蜜拉，對吧？我帶你們去翠貝卡！」

　　就這樣，他把大家帶到他的汽車——一輛**鮮黃色**計程車前。

　　「我們**走**那條沿途可見到美麗風景的路線吧？」他建議道。不過，他好像不需要她們

回答。因為大家才剛坐到座位上，這輛計程車就如**火箭**般行駛起來，在城市**街道**上密密麻麻的車輛中間飛快地穿行。

這時，菲姊妹紛紛抓緊座位旁的扶手，看上去有些緊張和害怕，只有潘蜜拉並沒有感到慌張，她**安靜地**坐在帕爾桑的座位後面。

黃色計程車

黃色計程車 (yellow cab) 是紐約市其中一個知名的城市象徵。為什麼計程車是鮮黃色的呢？因為黃色容易引人注意，即使從遠處也可辨識到。那麼當你在曼哈頓車水馬龍的大道上攔截計程車時，就可輕易辨認出來了。

早期的紐約黃色計程車，車身上有黑白格子圖案裝飾。而現今的紐約計程車仍是鮮黃色，車身上有黑色「NYC TAXI」的字樣。由2011年起，紐約市的計程車分為兩種：黃色計程車 (medallion taxis) 和綠色計程車 (boro taxis)，兩者的載客區域有些不同，黃色計程車可以在紐約市任何地方載客和停車下客；而綠色計程車在曼哈頓區則有一定的限制。

顯然，潘蜜拉早已習慣了這樣「猛」的司機⋯⋯

但對於其他菲姊妹來說，此刻就像置身在一部高速運轉的滾筒洗衣機裏。

「天冷了。」帕爾桑說，「起北風了。你們看到雲在移動了嗎？」

潘蜜拉抬眼望向天空，帕爾桑說得對呢。在藍天下，風吹着一片片的雲緩緩移動，雲彩不再是白色或灰色，而是從深紅色逐漸變為橙黃色。

是日落！

這時，大家眼前出現了紐約著名的天際線——鱗次櫛比的摩天大樓！

帕爾桑放慢了車速，讓菲姊妹好好欣賞。

眼前一排排摩天大樓的玻璃窗户和玻璃幕牆上，反射出日落橘紅色的光！

「哇喔！」妮基驚歎道。

「哇喔！」寶琳娜、薇歐萊特和科萊塔發出了同樣的驚歎。

「哇喔！」潘蜜拉也不例外。

在如此壯麗的**景色**面前，除了驚歎，還能說什麼呢？

你知道嗎？

「摩天大樓」一詞來自英文skyscraper，是由sky（天空）和scraper（劃痕）組成的，組合起來的意思是「天空的輪廓線」。此外，摩天大樓又被稱為skyline（天際線）。

熱烈歡迎！

俏鼠菲姊妹到達翠貝卡街區時，**太陽**已經落山了。

她們下車時，還沒來得及和帕爾桑告別，帕爾桑就已經再次把汽車發動起來了。

她們只聽見一陣急剎車的聲音。

吱吱吱吱吱吱吱吱吱！！！

翠貝卡

這個街區的名字Tribeca是英文Triangle Below Canal Street（運河街下面的三角形）的縮寫，因其獨特的三角形狀而得名。運河街是一條擠滿古色古香商店的街道。在19至20世紀初，這裏曾是紡織和棉花貿易的集中地。其後，隨着工業式微，空置的工廠大廈吸引了很多藝術家進駐翠貝卡街區。現在，翠貝卡已經成為一個時尚、繁盛的街區了。

「我的汽車禁不住要馳騁起來了！」帕爾桑從窗口**揮揮手**，大聲説，「**我停不下來了！** 再見啦！」

「再見！」女孩們揮揮手，臉色蒼白地回答道。當大家的話音剛落，她們身後的一扇門忽然開了：「**潘蜜拉！！！！**」

菲姊妹被**請進**一個熱鬧的屋子裏，裏面有很多彩帶和氣球，布置得十分漂亮。

哇！真是一個令鼠**驚喜的**歡迎儀式！

一對小雙胞胎，佩吉和格斯揮舞着一個特別的「設計」——小禮花炮！

啪！啪！啪！啪！

潘蜜拉高興地摟住兩個小傢伙，深情地親吻他們。然後，潘蜜拉轉身向好朋友介紹自己的家鼠：「這是我的爸爸葉拉尼，也叫JT！我媽媽，桑迪！這是我**最崇拜的**爺爺，歐柏克！」

還有，她的九個兄弟姐妹，包括：格斯、佩吉、文斯、山姆、嘎斯、弗洛、祖、斯比克和貝絲！

接着，大家互相親吻、擁抱和熱鬧地介紹個不停！不知不覺中，妮基一下子成為了大家的**焦點**，所有鼠都在問她關於**馬拉松比賽**的事情。

「你是第一次參加馬拉松比賽嗎？」

「你的心情是不是**很激動？**」

「你的狀態好嗎？」

「你需要多少時間才能夠跑畢全程？」

「你**訓練**多久了？」

桑迪媽媽一臉驕傲的神情看着妮基，好像妮基是她的親生**女兒**一樣。

短短幾分鐘，菲姊妹已經成為這個大家庭中的成員了。

「這個家就是你們的家！」JT爸爸跟

斯比克　桑迪媽媽　JT爸爸

弗洛　格斯　佩吉

菲姊妹説，「不管你們有什麼需要，別客氣，儘管説出來！」然後，大家頓時**安靜**下來。

「事實上，有件事想要問一下，爸爸……」潘蜜拉用大家幾乎聽不到的聲音説道。

「是什麼？」

「什麼時候開飯啊？！」

女孩們都已經餓得不行了！

JT爸爸拍拍手：「現在就可以啦！好啦……大家一起去**薄餅店**吧！」

祖
貝絲
山姆
文斯
嘎斯
潘蜜拉
歐柏克爺爺

全家齊上陣！

他們沒有走多遠——薄餅店就在屋子的底層。

一進門，他們就被一種**溫暖的**氛圍包圍住了。

薄餅店的牆壁是美麗的**藍寶石色**，天花上還有**午夜**藍色的條紋裝飾。

餐桌上放了精美的餐墊和優雅的玻璃燭台。

「**太美了！**」科萊塔忍不住讚歎。

「帕咪（潘蜜拉的昵稱），你覺得裝潢怎麼樣？」文斯有些忐忑地問，他非常重視這個妹妹的意見。

「很好啊！真是**太漂亮了！**」潘蜜拉回答道。

　　當文斯帶大家參觀薄餅店時，塔谷一家正
在忙於準備晚餐。

　　桑迪媽媽和嘎斯正在準備做薄餅的配料，
而弗洛和祖剛剛收拾好桌子。

　　寶琳娜**好奇地**看着正在揉麪團的山姆和
斯比克。

　　他們先是**快速地**把麪團放在桌子上壓
平，然後搓壓，直到麪團變成圓形薄餅，再把
這個圓餅一次又一次地扔到空中**旋轉**。

真精彩！就像是雜技表演一樣！

潘蜜拉大喊：「這個我也會做！」

說着，她拿起麵團開始揉起來，做成圓形薄餅然後把圓餅**拋向**空中，就像飛碟一樣旋轉着。

圓餅在空中旋轉着，一圈，兩圈，三圈，然後⋯⋯

啪！！！

你們猜圓餅落到哪兒了？

它落在科萊塔的頭上了！

「冷靜，冷靜點，冷靜點！」科萊塔拿下頭上**黏黏的**麵團，不斷地對自己說。

她試着讓自己平靜下來，但是大家都知道，如果可以的話，她肯定會像瘋子一樣尖叫不止。

「嗯，可能剛才我的手抖了一下！」潘蜜拉不好意思地説。

「我們覺得，你最好換一個飛碟……」薇歐萊特開玩笑道，說着她還向好朋友們眨了眨眼睛。

這時，一股誘人的香味在空氣中瀰漫開來，薄餅出爐了。

「開飯了！」貝絲喊到。

文斯和JT爸爸已經把桌子拼在一起，這樣大家就能圍在一張長長的桌子前吃飯了。

那天，JT爸爸還特意親自為俏鼠菲姊妹做了一款特別的薄餅。

他把薄餅做成心形，選用了五種不同的配料，每一種配料代表着一個女孩：紫色的茄子代表薇歐萊特；黃色的辣椒代表寶琳娜；啡色的蘑菇代表潘蜜拉；紅色的大蝦代表科萊塔；青瓜則代表妮基。

一個非常經典的薄餅！

曼哈頓的夜晚

晚飯後，潘蜜拉建議大家到曼哈頓隨意走走，散散步。

事實上，潘蜜拉並非漫無目的地帶姊妹們隨意逛的。

菲姊妹離開燈火通明的百老匯和熱鬧非凡的格林威治街，到達區內的碼頭。

碼頭向遠處的哈德遜河的河面延伸着，就像一根黑色長長的手指劃過水面。

菲姊妹正在慢慢散步，不知不覺一直走到了碼頭的椿木旁邊。

站在那兒，她們看到黑色的河水在夜幕下緩緩地流淌着。

遠處的海灣中，屹立着的自由女神像就像

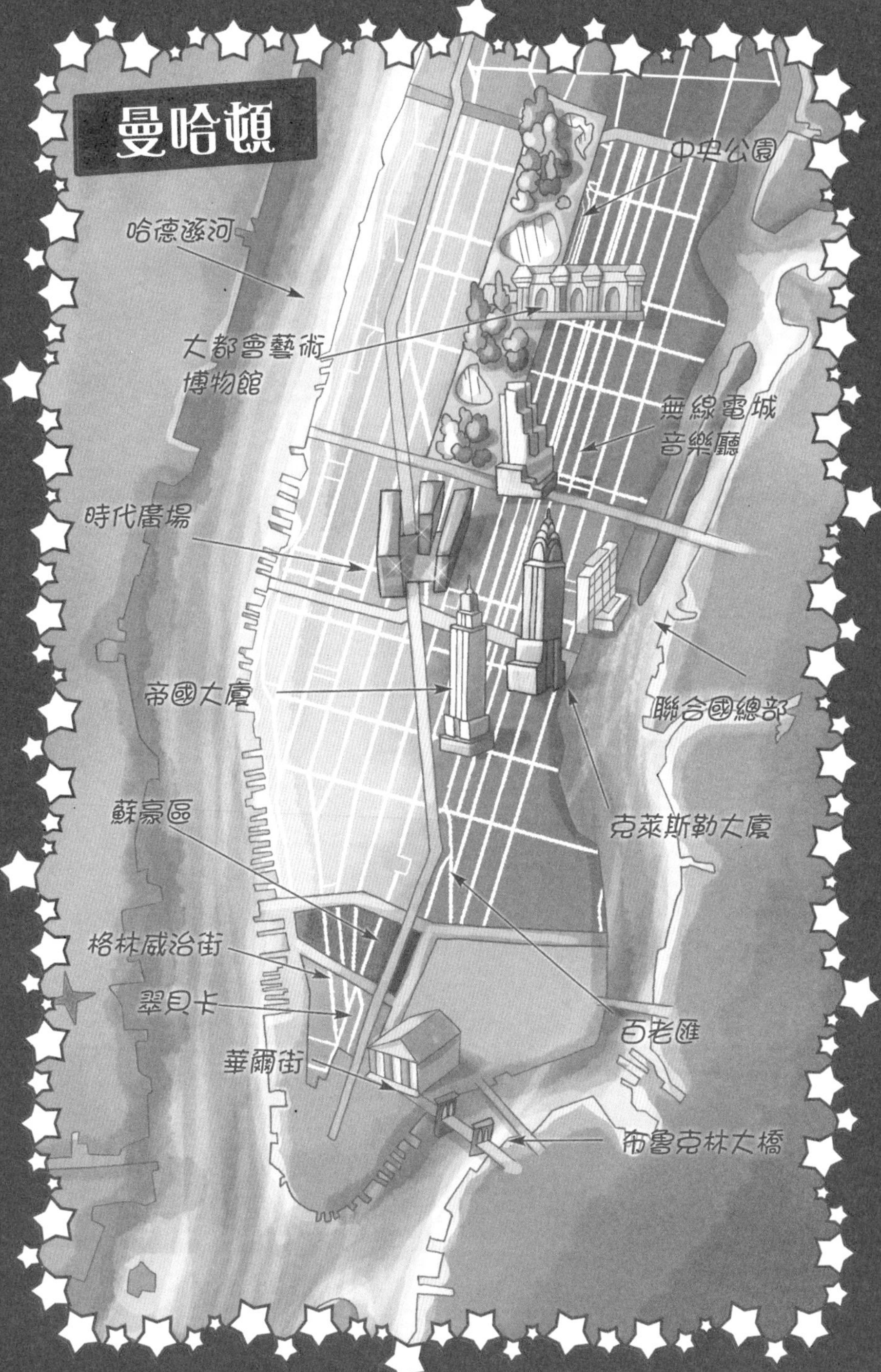

曼哈頓

哈德遜河

中央公園

大都會藝術
博物館

無線電城
音樂廳

時代廣場

帝國大廈

聯合國總部

蘇豪區

克萊斯勒大廈

格林威治街

翠貝卡

華爾街

百老匯

布魯克林大橋

一顆星星一樣閃閃發光！

　　潘蜜拉向**朋友們**說出心底話：「其實這兒是全紐約市中，我最喜歡的地方！它對我來說是最特別的小港灣……我想和你們一起分享它。」

　　寶琳娜感動地喊了一聲：「噢，潘蜜拉！」便和她緊緊地擁抱在一起。

　　妮基、薇歐萊特和科萊塔也感動地陪伴在旁，就這樣，俏鼠菲姊妹們安靜地欣賞着明亮的自由女神像。

誰是鳳凰？

天色已經很晚了，菲姊妹**趕緊**一起回家去。

就在潘蜜拉家的不遠處，她們發現有一個清潔工正在拖着一個帶**小輪子**的小型垃圾車。

這個清潔工似乎一看見她們就很驚慌。因為他馬上改變方向，快步跑向旁邊的一條小路。

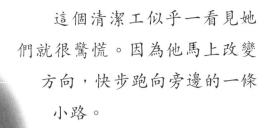

菲姊妹不禁也加快了腳步追上前去。

就在薄餅店前，她們看到金屬捲閘被**塗上**了紅色的油漆，上面寫着：

警告！火災無情！
鳳凰

那個疑犯已經**消失了**，顯然他為了快速逃離現場，而留下了垃圾車和一個圓桶在地上。

薇歐萊特**打開**這個桶，裏面還有些紅色的油漆。

潘蜜拉盯着那扇金屬捲閘。

縱火威嚇？到底出了什麼事？「鳳凰」又是誰？

線索！

為什麼那個神秘的傢伙會在捲閘上寫上這樣的恐嚇警告呢？

鳳凰，又是他！

然後，潘蜜拉**飛快地**跑回家。她必須馬上告訴爸爸！

在家裏，JT爸爸正在和兒子文斯談話。

潘蜜拉打斷了他們，然後把剛才所看見的事情告訴了他們。

他們聽後都感到非常**擔心**，卻沒有表露出**驚訝**的表情。

「這樣的事早就發生過了！」父親**搖着**頭，低聲說，「這不是我們收到的第一個通知了！」

潘蜜拉很驚訝，她感到自己有些**站不穩**，她一臉疑惑地看着父親。

她的父親垂下視線，說：「我本來不想告訴你的，因為我不想破壞你和你**朋友**的假

期……」

這時，文斯遞上一張**皺巴巴的**紙條給潘蜜拉，説：「看，這是我們前幾天收到的。」

潘蜜拉接過紙條和其他幾個菲姊妹一起看，上面寫着：

「趕快滾出去，否則就**燒掉**你們的薄餅店！**鳳凰！**」

JT爸爸歎息道：「『鳳凰』總是**恐嚇**店主他會來縱火。而且，他總是在**夜間**活動，沒有鼠知道鳳凰到底是誰。」

「我們必須馬上告訴**警察！**」潘蜜拉說。

文斯說：「我們一直都有報警的，現在也會再報警……但是恐怕沒有**太大**的作用！」

鳳凰

鳳凰是神話中的一種鳥，也是財富和繁榮的象徵。傳說中，鳳凰出生500年之後，會在熊熊的火焰中燃燒自己，然後從灰燼中獲得重生。

「很遺憾，警察也不知道該怎麼辦！」歐柏克爺爺從房間裏探出頭來，打斷了大家的談話，「他們說找不到任何**線索！**」

桑迪媽媽還沒有**熟睡**，她聽到動靜便擔憂地從樓上走下來。祖和貝絲也在客廳裏。

文斯**皺着眉頭**，繼續說：「這個薄餅店現在已經負債了，自從縱火恐嚇的消息傳開後，大家都不來這裏吃薄餅了！」

JT爸爸總結道：「這個街區變得越來越冷清了。大家都**害怕**鳳凰縱火的恐嚇，如果我們不儘快找到解決辦法，就只有關掉薄餅店了！」

「不！我們不應該害怕一個頭腦發熱**玩火**的鼠！」斯比克此刻大聲反對道。平時這個時候他早就休息了。

那個晚上，大家似乎都難以**入眠**！

家庭會議就快結束了。現在，是大家互相

激勵要保持樂觀的時候了！

「我們會克服**一切困難**的，斯比克說得對！」潘蜜拉揉着弟弟的頭髮說。

「我們當然不會被一個叫『鳳凰』的傢伙恐嚇到的！」

「大家可以大聲地說出來！」**菲姊妹**齊聲建議。

「當然不會！」貝絲、祖和山姆大喊。

「我只喜歡拿鳳凰來做菜，就像火雞一樣！」嘎斯宣布。關於**神話**，他知道的不多，其實他是一個饞嘴的貪吃鬼。

「嘎斯，鳳凰根本就不存在！」弗洛像個小老師一樣糾正他，「它是神話中的鳥！」

「你說得沒錯……但我支持嘎斯，**鳳凰**就是一隻大火雞！」斯比克總結道。

「說得好！擊個掌，弟弟！」潘蜜拉說。

斯比克熱烈地大喊：「**手掌**在這兒，

姐姐！」

　　然後，他們響亮地擊了一掌。

擊掌吧！

萬聖節，多好的主意啊！！！

「你們不怕恐嚇，很好，但……你們怎麼賺到錢呢？如果不能吸引客人來光顧，薄餅店還是要**關門**的！」寶琳娜以她一貫的理智作風提醒道。

「**是的！**」文斯對寶琳娜說，「在你們來之前，我也和爸爸討論過這件事。再過幾天

萬聖節

萬聖節(Halloween)就是西方的「鬼節」，在每年十月的最後一天(10月31日)。人們會在當天晚上悉心打扮化裝成各種鬼怪，例如女巫、吸血鬼、木乃伊、南瓜精靈等等，去參加派對或到街上巡遊狂歡。

在紐約，每年在曼哈頓第六大道上都會舉行萬聖節大巡遊，此活動現已舉行了超過四十屆，每年會有超過50,000人參加。

就是**萬聖節**了，這可是個**千載難逢**的好機會，可以好好利用。比如我們可以在萬聖節**化裝大巡遊**時在路上兜售薄餅和蛋糕，到時候肯定可以賺到不少錢。這樣，我們既能在現場做廣告，還可以賺錢來減輕債務的壓力。」

真是個一石二鳥的好主意啊！！！

萬聖節來的真是時候！

大家都爭先恐後地出主意，希望能得到一個最好的辦法，但每隻鼠都搶着發言，場面一片混亂，大家根本聽不清任何建議。

「停！」薇歐萊特**沉靜**、溫柔但又果斷的聲音讓大家安靜下來，「爺爺經常說，『沉默的人有智慧，吵鬧的人愚蠢！』」

大家瞬間安靜下來。

歐柏克爺爺高興地**笑起來**：「**嘿！嘿！嘿！**說得好，孩子！要讓這些愛發言的鼠守規矩，否則我們什麼也商量不出來！」

於是薇歐萊特建議大家分組合作，每組在

萬聖節化裝大巡遊

中負責一個項目。

最後，大家都滿懷信心和希望，安心去睡覺了。

準備出發，逛「大蘋果」！

　　第二天早上，菲姊妹起牀後，打算去為大家準備**早餐**。

　　但是桑迪媽媽早已準備好一桌豐盛美味的**美式早餐**了，有牛奶、橙汁、火腿、班尼迪蛋、熱香餅、鬆餅、麥片、烤麵包、新鮮水果等美食。

美式早餐

　　經典的美式早餐，基本上都是營養豐富的食物，分量較多，能補充體力。

　　美式早餐的起源可以追溯到美國西部祖先們生活的年代，他們當時經常騎着馬長途跋涉，工作一整天，體力消耗特別大，因此他們需要高熱量的早餐來保持一天的體力。

　　在美式早餐中，最經典的配搭就是傳統風味的熱香餅配上楓糖漿或牛油、果醬。

「嗯……我喜歡熱香餅！」當妮基看到桑迪媽媽正在做熱香餅時，高興地叫起來。

「在家的時候，我的**娜婭奶媽**經常給我做這個！」

妮基在熱香餅上面**倒了**很多楓糖漿。吃着美味的早餐，她感到渾身充滿了**能量！**

吃過早餐後，女孩們幫助桑迪媽媽收拾餐桌，然後**分成**兩組結伴出門了。

妮基則獨自到中央公園去。她要去那兒進

行鍛煉，為**馬拉松比賽**作準備。

潘蜜拉和寶琳娜要去調查**神秘的**「鳳凰」，科萊塔和薇歐萊特則要去尋找製作**萬聖節**服裝的材料。

同一時間，在塔谷家的薄餅店裏，大家正在為**萬聖節化裝大巡遊**準備特製薄餅。

出門前，潘蜜拉和寶琳娜去薄餅店向JT爸爸道別。她們看到JT爸爸正在和一個指手劃腳、動作有些**誇張**的胖男鼠聊天。

潘蜜拉低聲告訴寶琳娜：「那是**阿爾**。」

其實，他的名字叫艾爾弗雷德・莫里根，大家都叫他「阿爾」。

他在這附近開了一家小型的房地產公司。不過，他的生意看來也**不太好**！

他一邊發着牢騷，一邊用格子圖案的手帕大聲地**擤鼻涕**。

　　「翠貝卡一直是個模範**街區**……有很多古老而漂亮的建築，沒有那些可怕的商場的**影子！**總之，這是一個可以**落地生根**的好地方！**嗚嗚嗚！**」他說着開始哭了起來！

　　不知道為什麼，寶琳娜對這個在眾鼠面前大聲抱怨的胖傢伙沒什麼好感⋯⋯

阿爾繼續嗚咽着說：「看看我們的街區現在變成什麼樣了！你還記得奇喬在這兒的時候嗎？那時候真熱鬧！到處都是鼠，大家都排着隊買薄餅！嗚嗚！如果大家繼續逃離翠貝卡，我的公司就要倒閉了。這一切都要怪鳳凰那個壞蛋！」

　　阿爾一邊抽泣着，一邊走近JT爸爸，小聲地說：「不論如何⋯⋯我的老朋友，有什麼事你可以隨時找我！我永遠不會不管你的！永遠！你知道的，我隨時可以幫忙，買下這個薄餅店⋯⋯」

　　「謝謝你，阿爾！」JT爸爸回答道，「但我和孩子們對薄餅店已有新的打算。我們可以渡過難關的！」

　　潘蜜拉不喜歡阿爾的矯揉造作，而且他身上也沒有其他討鼠喜歡的地方。

阿爾離開後，潘蜜拉走到爸爸身邊，問：「你們成為『好朋友』多久了？」

JT爸爸給女兒解釋說，阿爾為拯救這個街區做了很多事。他雖然有些愛管閒事，但其實他也是心地善良♡的。

「他會幫助每個曾被鳳凰威脅的店主，他甚至還會買下他們破產的商舖。在現在這種情況下，誰還會這麼做呢？他開出的價格差不多夠我們還債，但⋯⋯」

「⋯⋯但是我們會熬過去的，對吧，爸爸？」潘蜜拉安慰着爸爸，「我們是絕對不會放棄薄餅店的！」

JT爸爸的眉頭舒展開了，他驕傲地微笑着說：「我可愛的孩子！這才是面對困難時該有的精神呢！」

潘蜜拉擁抱着爸爸，說：「我和寶琳娜會

去調查**鳳凰**事件的。我一定會揭開這隻『趾高氣昂的雞』的真面目！而且，我已經知道從那兒入手了！」

閒逛紐約！

陽光下的翠貝卡街區看上去更加漂亮，有着比夜晚更加豐富豔麗的城市**色彩**。

當潘蜜拉和寶琳娜還在薄餅店與JT爸爸告別時，妮基、薇歐萊特和科萊塔已經到了**地鐵**站。

她們需要乘坐的是黃色路線，這條線路沿着曼哈頓島而行，可以直接到達妮基要去的**中央公園**。

地鐵裏真是太擁擠了！

三個女孩手拉着手，惟恐在鼠羣中走散！

在鼠羣中，她們兩邊分別站着一個穿西裝打領帶，一臉嚴肅的上班族和一個手拿**滑板**、穿着時尚的男孩。

紐約地鐵

地鐵是紐約人最常使用的交通工具之一。紐約地鐵於1904年10月27日正式運營，全長1000多公里，共有468站，是一個24小時全天營運的地下公共運輸系統。

曼哈頓

在曼哈頓島上，街道有大道和街兩種命名方式：街(street)，是東西向的，多以人名命名，如休斯頓街；大道(avenue)，是南北向的，大多用數字來命名，例如著名的第五大道。

有的大道則沒有用數字命名，那就是百老匯，百老匯是曼哈頓最古老的街道之一。

她們在第五大道——就是那個名牌商店林立、著名的**第五大道**下車，然後妮基和她們分道揚鑣，她要獨自一鼠去中央公園鍛煉。

　　「不用等我吃午飯了。」妮基告訴她們，「今天我要跑得**更遠一點！**」

　　然後，薇歐萊特和科萊塔目送妮基漸漸跑遠。

「我**一點兒**也不羨慕她！」科萊塔
邊說邊走向繁華的街道。她喜歡另外一種
「**馬拉松**」——在各大商店的櫥窗前進行
的！

她腦中已經被各式各樣的時尚品佔領
了：「快看，多漂亮的帽子啊！看那雙鞋！
不是吧？那個袋子真漂亮！**太美了！太美
了！！！**」

薇歐萊特無奈地抬頭望了望天空。

科萊塔已經無法冷靜了，她一直興奮地走
在前面，像一條快樂的魚兒一樣，不停地從一
家店游向另一家店！

「親愛的科萊塔，你應該還記得我們要買
萬聖節服裝的材料，對嗎？！」

「是的，薇薇，我記得很清楚！不過，我
要在櫥窗中**尋找**靈感。你看！這些都是萬聖
節的服裝款式！」科萊塔一邊回答，一邊走向

有蒂蒂尼首飾店商標的商場入口。

「哇喔！」科萊塔忍不住大聲驚歎，此刻她的眼睛真的如鑽石般閃亮。

「太美了！」

櫥窗裏展示着閃閃發光的胸針、項鏈、耳環和戒指，這一切就只差一個童話中的公主

了。

科萊塔除了對珠寶着迷，還被那商店的精緻優雅風格所吸引。這種特別的、世界聞名的蒂蒂尼藍是科萊塔第二喜歡的顏色！

說蒂蒂尼藍是科萊塔第二喜歡的顏色，是因為它必然是排在她最愛的粉紅色之後。

她們逛了兩個小時後，薇歐萊特歎息道：「在整條第五大道上，我們連一米布也買不起！我們要做的是萬聖節的服裝，不是晚禮服！」

於是，薇歐萊特向科萊塔建議回翠貝卡去。

也許在那兒，她們能夠買到需要的東西而不用花光她們所有的錢！

看見誰了？

在姊妹們逛街的同時，妮基也到達中央公園了。這是**曼哈頓**最大的公園。

秋日裏，金黃色的樹葉創造出**夢幻般**的氣氛！

妮基進入了一條小路，這條小路一直通往

中央公園

中央公園是曼哈頓城的「綠肺」。長4公里，面積為0.34平方公里。每天都有成千上萬的人來到公園放鬆、休息、做運動、工作和學習。公園裏有許多運動跑道、兒童遊樂設施、遊樂場、餐廳，甚至還有一個動物園。根據傳統，中央公園還是紐約市馬拉松比賽的終點。

公園內最大的人工湖，也被稱為「水庫」。

「水庫」的湖水清澈，平滑如鏡。而沿着湖邊有一條長長的跑道，這兒的環境非常適合練習跑步。

妮基停下來呼吸着新鮮空氣，空氣中有着青草的味道。目光所及之處盡是綠色的草地、池塘、雕像、噴泉，以及很多的樹木，有楓樹、榆樹、柏樹、橡樹、櫸木、櫻桃樹⋯⋯這些樹枝葉茂盛，有紅色、綠色、橙色、黃色和鐵紅色！

身處在這樣美好的環境

北方草坪

傑奎琳·肯尼迪·奧納西斯水庫

大都會博物館

大湖

綿羊草坪

哥倫布圓環

下，妮基感到自己就像是在夢中。

再過幾天，這兒就會成為**馬拉松比賽**的終點。

她的夢想觸手可及。

妮基靠在欄杆上，開始做熱身運動，**伸展**腿部的肌肉。

附近有很多鼠在休憩，一羣小孩在草地上**玩耍**，一羣年老鼠在做瑜伽，還有一羣年輕鼠正拿着手提**電腦**工作；另外，還有的鼠在閱讀，有的鼠在**溜冰**，有的鼠坐在草地上曬太陽。

妮基打開自己手錶上的**計時器**後，開始加入到沿着湖邊跑步的鼠羣中。

她的腳步**輕鬆**自如，而且跑速穩定。

在路上，她看到遠處有一輛**舊式的**馬車，車上有一對遊客**夫婦**。

在令鼠如此愉快的氛圍中，妮基絲毫沒有**訓練**的勞累感。

突然，一把憤怒的聲音打破了這一美好的時刻：「把腿抬高！再快點！你覺得已經跑完了嗎？你要再環**湖**一圈呢！」

妮基有些反感地轉頭看。原來是海爾格·鮑曼的爸爸在催促女兒要**跑**得再快一些。

海爾格‧鮑曼從妮基身後跑上來，她追上了妮基，然後超越她。

她的爸爸騎着單車跟在她後面，一直不停地**激勵**她快跑。

不過，如果有鼠能讓他停止**抱怨**就好了……

妮基加快了腳步，想要追上海爾格。她不想在第一次「比賽」時就被對手超過！這關乎學校的榮譽！

追上對手，妮基友好地問候她，嘴角露出一絲微笑。

在拐彎處，海爾格再次超過妮基。

看見　　誰了？

　　妮基剛追上**對手**，就跟海爾格打招呼，同時展露出一個迷人的**笑容**：「你好！」

　　海爾格的爸爸**大喊**：「現在那樣無能的鼠也能超過你嗎？海爾格，給她**看看**你的實力！遠遠拋離她吧！」

　　妮基簡直不敢相信自己的耳朵。

　　誰能相信這樣的話呢？！

　　這就是體育**運動的精神**所在嗎？靠着挑釁的言語來煽動運動員的情緒？

但是，妮基決定放慢速度，讓海爾格領先。

在這個地方，妮基再次加速，追上對手。

他在對女兒進行什麼樣的教育？

在一個拐彎處 ，海爾格使盡全力又一次從妮基身邊超過她，把妮基拋離在後面。

妮基又一次加速想追上對手。

這是海爾格和妮基之間的交鋒。對於兩個女孩來説，這關乎榮譽。

忽然，妮基決定減速，讓海爾格跑在自己前面。

妮基之所以這樣做，並不是因為自己體力不支，而是因為她意識到海爾格現在並不是為了個人榮譽，而是她害怕一旦輸了這場愚蠢的較量，那位父親大概會有一些更嚴厲的訓話在等着她。

於是，海爾格如願以償領先，最後跑到父親身邊。

「現在你終於把她甩掉了！」他大聲嚷道。

出發去調查！

此時，潘蜜拉和寶琳娜已經開始了**調查**，她們想找出到底是誰在裝模作樣，藏在**鳳凰**名下。

首先，她們去了消防局。

消防隊

紐約消防隊建立於1737年，一開始是一個志願者隊伍，後來才被官方正式承認。現在，在城市中有10000個消防員，他們分散在城市的各個地方。

消防員的制服是用一種特殊的物料製成的，耐高溫，防火阻燃。消防員的裝備還包括一個頭盔、氧氣筒、手套等等。

潘蜜拉給寶琳娜解釋道：「我有個校友在這兒工作的。她是一個**消防員**！」

「**太好了**！她可以幫助我們調查這一宗鳳凰事件！」寶琳娜說。

她們來到一幢**氣勢宏偉的**建築物前，發現那兒車庫的門打開了。

就在這時，一輛紅色的**消防車**駛進來，然後，幾位疲憊的消防員從車上走下來。

潘蜜拉走近其中一個消防員，她的臉上到處都是被**煙**熏過的污漬。

「打擾了，我想找……」她膽怯地問道。

那個消防員突然大笑起來：「**哈**！**哈**！**哈**！」

她把頭盔摘下來：「潘蜜拉，你一點也沒變啊！你不認得我嗎？是我啊，雪莉！」

「雪莉！你弄得這麼**髒**，我怎麼能認出你啊？」潘蜜拉一邊說，一邊用手指把雪莉鼻子

上的**一層灰**抹掉。

雪莉拿出一張紙
巾擦了擦臉,說:
「這個職業讓鼠感
到遺憾的地方,就
是整天會弄得髒
兮兮的。今天,我得
進入一個壁爐中拯救
一隻被困的鸚鵡,拯
救**小動物**是我的專長呢。」

「拯救一個很少上課的同桌也是你的專
長!讓我們擁抱一下!」潘蜜拉向朋友**眨了
眨眼**,說道。

雪莉是她中學時代的**同桌**。

她們一直有着深厚的友誼。

「**真高興**又見到你了!我給你介紹寶
琳娜。她和我一樣都是**陶福特大學**的學

生。」

　　「很高興認識你，寶琳娜！」雪莉熱情地握着寶琳娜的手說，「現在請給我五分鐘時間，我先去梳洗收拾一下，然後我們去好好吃一頓吧！」

電腦上的線索

她們走到稍遠一點兒的餐館。雪莉說那裏的麪包很**特別**,很好吃。

雪莉是個聰明、**可愛的**女孩,在餐館裏,不斷地有街坊對她友好地微笑或打招呼。

在這個社區，大家都認識雪莉，而且都很尊重她。因為她在工作上一直非常**英勇**、無私。

這基本上是每個消防員的特點：沉默寡言的英雄性格，時刻準備去解救有需要幫助的鼠。

她們坐下後，閒聊了一會兒，潘蜜拉就開始向雪莉講述鳳凰**威脅**事件。雪莉轉了轉眼睛，感歎道：「這是犯罪呢！現在他居然把魔爪伸向薄餅店，這個惡賊！」

這麼說，雪莉早已知道鳳凰的事了？

「鳳凰曾經囂張地給我寄來一個帶**火焰**的南瓜，以宣告他的存在。」雪莉繼續解釋道。

潘蜜拉對她說：「我想查明誰是鳳凰。如果不查明究竟是誰想要傷害我的**家鼠**，我是不會回**陶福特大學**的！」

「說得對！」雪莉表示贊同。

雪莉同時提出，給朋友幫忙義不容辭。

「也許，我們能在消防隊的檔案中心找到一些有用的線索。據我所知，消防隊一直堅持把各類火災事件的報告、檔案進行**詳細的**整理，以便我們對各種可能發生的火災情況進行評估分析……」

潘蜜拉和寶琳娜交換了一個充滿希望的眼神。

雪莉接着說：「另外，文斯對我說，你和**朋友們**都是頗有經驗的小偵探！等等，你們叫什麼……**俏鼠菲姊妹**，對吧？！我一直都很想認識你們幾個呢！」

潘蜜拉給雪莉一個大大的擁抱。

「你真偉大，雪莉！我們一定能偵破這個**案件**！我敢肯定！」

吃過飯後，女孩們回到消防隊。雪莉帶着潘蜜拉和寶琳娜來到一間擺滿電腦的辦公室。

　　「這兒可以連接到我們的檔案中心。」
她一邊解釋，一邊在一台電腦前坐下，開始用
鍵盤 輸入一些資料。

　　「這些是跟你們的地區曾經發生過的火
災有關的數據！希望這些資料對你們的調查有
用。」

　　寶琳娜專注地看着屏幕，說：「看上去，
發生火災的時間和地點之間有些 關聯。能讓我
試試嗎？」

　　雪莉把座位讓給寶琳娜，寶琳娜在鍵盤上
迅速地操作着。

電腦上的線索

嗒 - 嗒 - 嗒 - 嗒 - 嗒 - 嗒 - 嗒 - 嗒 - 嗒 - 嗒

「你真是個電腦天才！」雪莉羨慕地稱讚道。

瞬間，電腦屏幕上出現了翠貝卡的俯瞰地圖，上面以紅點標示出發生火災的地點。

「啊！我以螺絲釘的名義發誓，這……」潘蜜拉叫起來。

「你們也看出來了？」

線索！

荷蘭隧道出口

運河街

格林威治街

哈德遜街

華域街

西百老匯大道

教堂街

塔谷家的薄餅店

潘蜜拉究竟在地圖上發現了什麼？！

翠貝卡的困難時期

此時，薇歐萊特和科萊塔回到翠貝卡了。她們開始在這兒尋找價廉物美的**服裝物料**。

「這次，我們可不能把時間都浪費在逛櫥窗了！」薇歐萊特用帶着輕微**責備**的語氣說。

科萊塔剛要回答時，她瞥見路邊一家店外一個寫着「**清倉打折**」的大牌子，這引起了她的注意。

「**進去吧！**」她指着那家店提議。

她們走進店裏，一位年老鼠在櫃枱後面熱情地向她們打招呼：「歡迎光臨！你們需要什麼？店裏剩的東西不多了……」

薇歐萊特環顧四周。

貨架是半空的,上面**散落着**幾盒絲帶、線軸和一些裝飾品,同時,她注意到在一個角落裏**堆着**一些布匹。

「我們想縫製一些**萬聖節**服飾。」薇歐萊特說。

「那麼這些都是為你們準備的!」店主抓起幾卷布匹,**熱情地**大聲說。

科萊塔仔細地檢查着那些布匹:「這些都很不錯!看這些**顏色**,薇歐萊特!我們**大飽眼福**啦!」

「如果你們都要了,我給你們算最低價⋯⋯此外,那些絲帶也送給你們!」

「好,就這麼定了!」薇歐萊特果斷地下

了決定。

隨後，她又好奇地問：「老闆，您為什麼低價賤賣這麼好的商品呢？」

「唉，現在是翠貝卡的困難時期……我是**逼不得已**才要關門大吉！」店主一邊打包那些布匹，一邊**歎息**着說。

薇歐萊特和科萊塔**僵住了**。

又一家商店要關門了，鳳凰這個名字背後，到底是誰在**操控**着？

事實上……

「最近我們受到**鳳凰**的**威脅**，顧客們都不敢來了。生意也一落千丈，因此，我決

看來塔谷家的薄餅店不是惟一處於危險之中的！這條街上的商店也遭到鳳凰的威脅呢！

定搬去堪薩斯州和家鼠團聚，我的兒子在那邊。」

「那商店怎麼辦？！」薇歐萊特驚訝地問。

「我已經把店賣給阿爾了！他是這附近惟一一家房地產公司的經理。他熱心幫助鄰里。你們知道嗎？他幫我償還了銀行貸款，我便抓住這個**好機會**賣掉店舖。不然，我還能怎麼辦呢？」

薇歐萊特和科萊塔**疑惑地**對望了一眼。

她們從商店出來時，身上背了很多東西，但此刻她們的**心裏**♡卻更加沉重。

JT爸爸並沒有**誇張**，在翠貝卡，商户都經營困難，生意越來越難做了！

簡要講述……

傍晚，當妮基回到塔谷家時，她發現潘蜜拉的家鼠和其他**菲姊妹**都在客廳裏。

「你終於回來了！」潘蜜拉說，「我們正在對調查到的**情況**進行分析。」

「什麼情況？」妮基問。

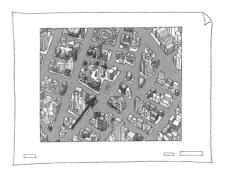

「大家來看這個！」寶琳娜指着桌子上的一張翠貝卡地圖説。

地圖上標示了幾個**紅點**和一個**藍色箭頭**。

潘蜜拉簡單講述了她們在雪莉的幫助下發現的一些資料。

「地圖上的紅點就是這兒近兩年受到**火災**威脅的商店！」寶琳娜解釋道。

「這個藍色箭頭呢？」妮基問。

「那是我們今天購買**萬聖節**布匹的商店。」科萊塔插話了。

「我們剛知道店主已經把店舖賣了給……**阿爾**。」薇歐萊特解釋道。

「這算不上什麼新聞。阿爾經常幫助這個地區的街坊！」JT爸爸不以為然。

寶琳娜卻不贊同：「說實話，阿爾看上去就像這區的**大慈善家**。但是，我們覺得他有些**過於**慷慨了……」

JT聽後沉默了很久。

潘蜜拉遞給爸爸一張紙，說：「換作是我，也會有些**疑惑**，但您只需打幾通電話就會**明白**！這張紙上都是曾經被**鳳凰**所**威脅**的街坊的電話號碼，只要您給他們打個電話問問，就會發現阿爾到底有多麼慷慨！」

JT爸爸開始給紙條上的街坊逐個打電話，其實他們幾乎全都是他的**老**朋友，當然現在都已經離開了翠貝卡。

JT爸爸一個接一個地打着電話，慢慢地，他的身體在**沙發**中越陷越深。當他打完最後一個電話時，他的神情顯得非常**沮喪**。

潘蜜拉走過去坐在他旁邊，說：「我們發現，所有標注為**紅點**的商店都被同一家公司買下了——那就是阿爾的公司！我感到很遺憾，爸爸！」

文斯開始在房間裏**走來走去**：「這是個無賴！他想利用他假惺惺的哭泣，騙取大家的信任，然後霸佔整個地區！誰能想到他居然會有這麼多錢，竟然可以買下所有的商店？」

「在商店遭到火災的威脅之際，把它買下來是件**很容易**的事！」貝絲**傷心地**說。

「説得對！」潘蜜拉大聲說道，「買下一個被**縱火犯**威脅的商店真的是件很容易的事！」

俏鼠菲姊妹馬上全都明白了。

「你們想的和我一樣嗎？」潘蜜拉問姊妹們。

「當然了！**阿爾**一定和鳳凰有關係！」

科萊塔大聲說。

「也許……他們是同一個鼠！**晚上**，鳳凰在商店大門寫上威脅的字句……然後，第二天白天阿爾就來提出可以幫忙用超低的價格『慷慨』地買下那些商店！」薇歐萊特接着說。

JT爸爸開始明白了，他分析道：「但是僅靠這些疑點，是不足以揭穿阿爾的真面目的。我們還需要一些確鑿的證據來交給**警察**！」

妮基點點頭：「如果想尋找證據，我們應該去阿爾的公

司『拜訪』一下！」

潘蜜拉眨了眨眼，微笑着說：「萬聖節來得真是時候！」

我們來整理一下現有的線索！

- 一個署名為鳳凰的神秘縱火犯，威脅塔谷一家，而他們擁有一個薄餅店。
- 鳳凰在薄餅店門上用紅色油漆寫下了威脅的字句。
- 很多商店之前都曾受到鳳凰的威脅，店主們被迫離開這個地區。
- 阿爾擁有一家小型房地產公司。他總是主動為受到鳳凰威脅的店主提供資金幫助。
- 潘蜜拉和寶琳娜發現受到縱火威脅的店舖都被阿爾的公司收購了！

你也想一想，阿爾是否有什麼秘密呢？！

準備工作！

接下來，大家都全情投入到萬聖節的準備工作當中。

歐柏克爺爺為所有的**活動**提供「顧問」支持。

一切都**進展順利**！

潘蜜拉和山姆在車庫裏已經逗留了幾個小時。兩個**發動機**專家準備着電單車。文斯提

潘蜜拉和山姆
準備着電單車。

薇歐萊特和妮基
正在排練她們
最拿手的樂曲。

出騎電單車沿着**遊行**路線銷售薄餅，真是個
很妙主意呢！

　　薇歐萊特和妮基正在排練她們最拿手
的樂曲，她們希望在萬聖節當天以精彩的演
出吸引參加遊行的老鼠來光顧薄餅店。

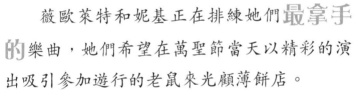

格斯、佩吉和
貝絲在製作
有趣的面具。

在貝絲的幫助下，格斯和佩吉除了設計傳單，還用不同的材料來製作有趣的節日面具，這些材料包括羽毛、彩色的沙子、小珠子和金屬線。

寶琳娜、嘎斯、科萊塔、祖和弗洛正在日夜趕工，他們用早前從商店裏買到的絲帶和布匹來為大家準備節日服飾。

文斯、斯比克、JT爸爸和桑迪媽媽從磚烤爐裏取出一個個薄餅和麪包。

而歐柏克爺爺則逐一品嘗了所有的薄餅……

文斯、斯比克、JT 爸爸和桑迪媽媽從磚烤爐裏取出一個個薄餅和麪包。

誰叫他是**顧問**呢！

10月31日，當天一切準備就緒，大家都悉心打扮，穿上了萬聖節的服飾——各種**千奇百怪**的服飾！

JT爸爸、桑迪媽媽、歐柏克爺爺和那對雙胞胎一同穿上了**幽靈服飾**；文斯穿的是**骷髏服飾**；弗洛、貝絲、斯比克和祖則穿上傳說中的吸血鬼——**德古拉伯爵**的服飾；山姆穿的是科學怪人的服飾，而嘎斯穿的是**南瓜服飾**。

菲姊妹的打扮也各有不同。

薇歐萊特打扮成神秘的**吸血鬼**；科萊塔搖身一變成了身穿花邊服飾的**女海盜**；寶琳娜把自己裝扮成一個**稻草人**；妮基喬裝打扮成一個**木乃伊**；潘蜜拉則裝扮成**女巫**。

大家都為萬聖節而準備就緒……他們準備揭開**鳳凰**的秘密！

給糖果還是要惡作劇？

晚上7點鐘左右，**萬聖節大巡遊**的隊伍就從格林威治村出發了。

在**曼哈頓**的大街上，下午1點鐘左右就已經擠滿了悉心打扮成鬼怪、帶着面具正在等待慶祝萬聖節的羣眾。

成羣帶着**面具**喬裝打扮的孩子們挨家挨戶地去敲人家的屋門和店門，問：「**給糖果還是要惡作劇？**」

TRICK OR TREAT？

在萬聖節，許多小孩子都愛打扮成鬼怪，提着南瓜燈，挨家挨戶地跟鄰居要糖果，他們會說：「Trick or treat？（給糖果還是要惡作劇）」，如果鄰居不派糖果給孩子，孩子們就會在門前賴着不走，要惡作劇或說一些不吉祥的話。

太陽下山後，大人也加入了萬聖節大巡遊的隊伍。

那台經過塔谷家悉心裝飾的電單車，在翠貝卡街道上**來回穿梭**，因為那些薄餅和麵包總是很快就被鼠**搶購一空**。

文斯的主意真的很不錯！

此時，**菲姊妹**正開始調查鳳凰事件，嘎斯和山姆過會兒也會來幫助她們。

潘蜜拉、薇歐萊特、寶琳娜、妮基和科萊塔來到**阿爾**公司的門前，按響了門鈴。

叮咚？叮咚？

阿爾打開門後**吃了一驚**，他面前站着五個臉上帶着面具、手裏拿着大袋子的女孩。

科萊塔第一個走上前去。她穿着粉紅色的衣服，渾身還散發着迷人的香水味（是她最喜歡的香水，效果絕對有保證），她溫柔地問：「**給糖果還是要惡作劇？**」

阿爾把科萊塔的話聽成了「給錢還是要惡作劇？」，於是，他像慈父一樣微笑着說：「我沒有準備，很遺憾。」

「那麼我們就要搗亂了！！！」

菲姊妹大喊。

五個女孩把阿爾推進了屋子裏，室內響起了歡快的笑聲。

不給錢就搗亂？！

鳳凰行動

菲姊妹拉着他的衣服，笑着、轉着，想把他弄得**頭暈轉向**。

「我們玩瞎子摸鼠的遊戲吧！」科萊塔説。

「好呀！好呀！瞎子摸鼠！瞎子摸鼠！」其他的女孩一邊附和着，一邊**轉起圈**來。

這時，山姆和嘎斯在外面聽到了。

他們立刻上前，並給阿爾的頭上套上一個用紙殼做的南瓜頭，然後把南瓜頭上嘴巴和**眼睛**的部位轉到他的腦後，這樣阿爾就什麼也看不見了。

妮基和薇歐萊特讓他自己在原地**轉了三圈**，這樣做是為了令他不能辨別方向。

一、二、三……開始！

面對這種孩子氣的遊戲，阿爾輕聲笑起來，然後**伸長**雙臂向前摸索着：「你們在哪兒？我什麼也看不見了！」

　　「在這兒！在這邊！」**菲姊妹**大聲喊道。

　　這是個尋找線索的好時機！

　　他們互相打了一個**信號**後，塔谷家小隊中的七個隊員開始*分頭行動*：科萊塔、山姆和嘎斯負責拖延時間，把阿爾引到前廳，其他四個隊員則去搜索他的**辦公室**。

　　妮基負責檢查辦公桌的抽屜，薇歐萊特負責檢查檔案櫃，而寶琳娜則負責檢查**電腦**。

　　潘蜜拉打開裏屋的衣櫃，突然驚呼：「啊！」

　　在衣櫃裏，竟然有通往**地下室**的樓梯！

　　她們摸黑一個跟一個地走下樓梯。裏面漆

黑一片，伸手不見五指！

接着，她們摸索找到電燈的開關⋯⋯

當燈光一亮，眼前所見，卻讓她們始料不及！

在她們的面前**出現了**一個大房間，房間的天花板很低，上面還有很粗的橫樑。

這兒原來是個地窖，現在卻變成了阿爾的第二個辦公室，面積比上面的那一層還要大。這個房間的牆上貼滿了地圖、**剪報**和紐約的照片。

寶琳娜走近一張地圖開始研究起來：「你們看！這全都是曾被**鳳凰**威脅過的地方！」

「你們看這個！」潘蜜拉指着一張桌子說。桌子上有整個翠貝卡街區的模型。

在模型的中央，聳立着鋼筋和玻璃製作的**高大**建築物模型，上面標注着：

購物中心

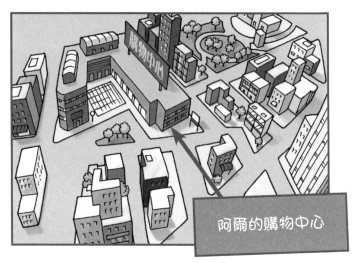

阿爾的購物中心

　　該建築的位置正是塔谷家薄餅店的現址，和其他阿爾已經購買的商店的位置！

　　看來這就是阿爾的**欺詐**騙局，他先逐一以低價買下這個地區的商店，然後建造出一個

大型購物中心！

　　「真是個惡棍！」潘蜜拉喊道。

　　「就是個壞蛋！」女孩們紛紛點頭同意。

　　寶琳娜把模型和牆上的地圖都**拍照**取證後說：「這些就是證據！」

　　但是，潘蜜拉認為這些證據還是不夠，她說：「這兒某個地方一定還有**阿爾**購買房產

的合同！」

　　於是，潘蜜拉開始到處翻找文件資料。忽然，她在一處角落裏發現一件帶紅色油漆的髒衣服和一個有着**鳳凰**圖案的印章。

　　這就是最有力的證據：阿爾和鳳凰是同一個鼠！

線索！

那個喬裝打扮的清潔工就是阿爾！

他一直在信上蓋鳳凰的印章，並到處送出縱火威脅信！

這就是最有力的證據！那個喬裝打扮的清潔工的就是阿爾！一直是他在自導自演，操縱整個縱火威脅事件！

揭開真面目！

於是，菲姊妹回到樓上。

潘蜜拉馬上想要求阿爾作出解釋。

她把阿爾頭上的面具摘下來，説：「遊戲結束了！」

菲姊妹把在地下室找到的證據放在阿爾的面前。

潘蜜拉拿着他犯案時所穿的衣服質問他：「這是什麼？」

「還有這個呢？」寶琳娜也拿着鳳凰印章問道。

阿爾眼睛骨碌碌地轉了兩圈，嘗試狡辯道：「女孩們，別誤會！不是你們想的那樣！現在，讓我把一切都解釋清楚……」

説着，阿爾 *猛推* 了潘蜜拉一把，把她推向嘎斯和山姆，然後轉身就逃。逃跑之前，他還搶走了薇歐萊特的黑色斗篷。

「別讓他跑了！」

　　潘蜜拉一邊大喊，一邊迅速追了上去。

　　女孩們 **隨後** 緊追不捨。

　　她們差點兒就追上他了，但很遺憾的是，這時她們來到了蘇豪街。

萬聖節巡遊隊伍恰巧路過這兒，阿爾趁機混進了巡遊隊伍裏，消失了。

在混亂的喬裝打扮的鼠羣和車輛中，她們實在很難找出**藏身**在斗篷下的阿爾。

「太倒霉了，我看不到他了！」寶琳娜大喊。

「我們跟丟了！」薇歐萊特**歎息**道。

可是，潘蜜拉沒有放棄。她爬上一輛裝飾成阿茲台克**金字塔**的馬車！潘蜜拉一直爬到了塔頂，以便從高處**俯瞰**整條道路來找出阿爾。

她左右環顧了一圈，突然喊道：「在那兒！我看見他了！他向休斯頓街跑去了！」

此時，阿爾已經拐進路邊的一條巷道。那

兒有一輛**越野車**的車門是開着的，他鑽進了車準備**逃跑**。

菲姊妹們剛好看見這一幕。看來，抓住他的機會已經很渺茫了。

就在這時，一輛**消防車**駛過來了。

「雪莉！」潘蜜拉認出那是自己的朋友。

「嗨，女孩們！發生了什麼事？」她從車窗伸出頭來問道。

「**阿爾**搶了路邊的越野車逃跑了！」潘蜜拉指着前邊的車說，「我們必須**追上**他！」

「阿爾？是誰？！」

「我過會兒跟你解釋！現在我們必須追上他！」

雪莉明白了，時間緊急，來不及細說。她讓菲姊妹迅速上車，然後響起**警笛**，以便能

快點兒追上阿爾。

雪莉向女孩們**大喊**：「快繫上安全帶！」

追蹤

阿爾駕駛着**越野車**，風馳電掣，快速地在**紐約**沒有遊行隊伍通過的公路上行駛着。

這個傢伙已經把油門踩到**最大**，他想在狹窄的街道上甩掉身後的消防車。

每次菲姊妹覺得快要**追上**他的時候，他就利用街道地形來拉開距離。

但是，雪莉是不會輕易放棄的！

她非常熟悉曼哈頓街區，因此阿爾接下來**要走**什麼路線她也能馬上預料到。

比如阿爾把車駛進一條很窄的巷子裏，試

圖甩掉消防車，可是雪莉總能在巷子出口處等着他。

雪莉跟在他後面緊追不捨，情況就像乳酪一樣**緊緊貼**在薄餅上！

此刻，兩輛車同時進入了一條又 長又直的馬路，它們的距離很貼近，幾乎都要撞上了！

吱吱！！！

「**加速**，雪莉！」潘蜜拉喊道。

「我沒法子超過他。」雪莉回答，「這條路不夠寬！」

這時，妮基說：「你可以把消防車的梯子抬起來，這樣我就能爬到前面的**越野車**上去！」

隆隆隆！！！

　　雪莉看一看妮基，說：「這樣**很危險啊**……你確定要這樣做嗎？！」

　　妮基向她**笑了笑**。然後，她打開天窗，爬上了車頂。這輛消防車在疾駛下，變得十分顛簸，讓妮基幾乎站不穩，不過最終她仍能爬到**消防梯**上。

　　「放下梯子，雪莉！」妮基**迎風**朝車裏大喊。

　　片刻後，一陣金屬折疊聲響起，消防梯開始慢慢**移動**起來。

行動結束

妮基頑強地攀住梯子，隨着梯子漸漸移動，此時她正位於阿爾駕駛着的越野車的上方。

這條路馬上就要到盡頭了，再往前走就是百老匯——曼哈頓的主路了。要是駛到那邊，妮基的計劃就不可能實現了！

如果現在不跳下去，就來不及了。

妮基又向前爬了一點兒……她跳了！

她剛好跳到越野車的後座上。

阿爾一個緊急剎車，試圖將妮基甩出去。

吱吱吱吱吱吱吱吱吱吱吱吱吱吱吱

　　但車輪打滑，車子停在兩個**垃圾箱**的中間。妮基迅速從後座跳下來，跑到前邊。

　　「終點站到了！」妮基一邊叫，一邊來到阿爾身後**鎖**住他的脖子。

　　雪莉和菲姊妹也跑上來幫助妮基。

　　這次，阿爾可**跑**不掉了！

　　「一羣多管閒事的傢伙！我離夢想只有一步之遙了⋯⋯」

「你不覺得**羞恥**嗎？」潘蜜拉問，「你對自己做過的那些壞事，難道不感到羞恥？你對那些因為你而被迫離開翠貝卡的鼠，難道不感到**愧疚**？」

「看着翠貝卡那些**火柴盒**一樣的小房子，我早就受不了了！我要變得很富有，我一直有一個夢想——那就是興建一個紐約**最大的**購物中心！而且，只要清理掉最後那個礙眼的小店舖，我馬上就可以實現自己的夢想了……」

「那就是我爸爸的薄餅店！」潘蜜拉替他說了出來。

此時，雪莉說話了：「有趣！我想**警察**會很樂意聽你解釋自己的夢想！依我看，從今以後，需要關門的大概就只有你的公司了，**阿爾**！」

　　阿爾沉默了。他的**陰謀**計劃徹底失敗了。

　　「再見了，鳳凰！」雪莉微笑着說。

　　菲姊妹和雪莉都露出開懷的笑容。

盡情享受節日吧！

接下來，**菲姊妹**做了一些善後工作：她們先與山姆和嘎斯會合，然後把阿爾交給警察，並跟他們交代整件事情的來龍去脈。

萬聖節的慶祝還會持續一整晚，因此，大家決定不再浪費剩下的時間了！

「現在，讓我們盡情地享受這個**節日**吧！」當大家從警察局出來時，潘蜜拉提議道。

於是，菲姊妹加入了節日狂歡的**鼠羣**中，唱着跳着，撒下彩色的禮花，揮舞着**漂亮的**彩帶。

在歡樂的節日氣氛中，菲姊妹都十分高興。

潘蜜拉甚至開始用她獨有的方式來表達此刻幸福的心情。她**大喊**着：「**翠貝卡萬歲！JT爸爸的薄餅萬歲！**」

在**節日**的喧鬧聲中，沒有鼠能聽清楚她在說什麼，但還是有很多鼠為她鼓掌，大喊着：「**哇！！！**」

那天晚上，驚喜不斷。

菲姊妹到達翠貝卡後，發現由弗洛、祖和斯比克籌備的節目，那就是霹靂舞的表演，大家都在狂歡，由於嘻哈音樂的加入，讓這個節目變成了一場真正的**舞蹈盛宴**。

很多年輕鼠都來到這裏觀摩。

妮基和薇歐萊特也跑去拿吉他和小提琴，參與這場充滿**意外驚喜**的即興表演。

寶琳娜和科萊塔則興奮地加入大家的舞蹈當中。

而這個舞會的真正主角是潘蜜拉，她施展舞

技，斯比克、山姆和嘎斯圍着她一起在 *舞動*，歡樂興奮之極。

　　在熱鬧非凡的節日氣氛中，大家都高興地 **舞動不停**。

　　一個女巫、一個怪物、一個南瓜一起舞動……多精彩的一幕啊！

嘻哈音樂

　　嘻哈音樂(Hip-hop music)是一種於1980年代盛行於美國紐約的街頭音樂。而說唱(Rapping)和音樂主持人(DJ)也是嘻哈音樂中的重要元素。這種音樂通常伴有即興的街頭舞蹈動作，如霹靂舞、機械舞等。

馬拉松比賽前……

趁着節日，菲姊妹可徹底放鬆一下了。

然而，距離馬拉松比賽的日子也越來越近了。當五個女孩休息時，塔谷一家召開了一個秘密會議，他們計劃為妮基成立一個特別的助威團！

他們動員了所有的朋友和認識的鼠，讓比賽沿線都會有妮基的支持者出現。

歐柏克爺爺給他所有的好朋友都打了招呼，而雙胞胎格斯和佩吉則通知了他們幼兒園所有的小朋友！

此刻，潘蜜拉的姐妹們正在趕製一批標語和橫額。寶琳娜偶然來到她們的房間，看着這羣忙碌的女孩，她感到奇怪，便問道：「你們到底在做什麼？」

弗洛、祖和貝絲交換了一下眼神，然後決

定告訴寶琳娜這個秘密：「我們想做一些**横額**掛在 **馬拉松比賽** 的跑道旁，讓妮基在比賽的時候，也能時刻感受到我們對她的支持！」

「**太好了！**」寶琳娜感動地稱讚道。

「但是我們要給她一個**驚喜！**」貝絲仍然堅持對當事人保密的觀點，她對寶琳娜請求道：「別告訴她，求你了！」

寶琳娜拍拍胸脯保證說：「放心吧，我不會說出去的！再說，你們讓我想到一個 **好主**

意！我想，你們的朋友們應該都會有 **攝錄機** 和照相機吧！」

「當然了！」祖點點頭。

「那就好，我們可以 **記錄** 下妮基整個長跑比賽。同時，我可以把這些 **影像** 傳送到陶福特大學……那就相當於全程直播啦！這樣，同學們也可以在大學裏同時為妮基加油了！」

紐約馬拉松的比賽路線

❶ 起點到第3公里處：從斯坦頓島出發，通過著名的維拉薩諾大橋到布魯克林區。

❷ 從第3公里處到24公里處，通過布魯克林區和皇后區。

❸ 從第24公里處到35公里處，穿越皇后區大橋，進入第一大道直到布朗克斯區。

❹ 從35公里處到終點，幾乎是筆直的路徑，一直到終點中央公園。

3、2、1……出發！

期待已久的這一天，終於到來了！

菲姊妹陪着妮基來到起點斯坦頓島。這兒到處都是參賽者，妮基一進去馬上就在她們的**視線**中消失了。

但是雪莉，那個聰明的**消防隊員**，幫助大家找到了一個能看到起點的位置，那就是紐約消防隊車上**升降雲梯**的最高處！

「**加油，妮基！**」她們大聲吶喊。

在起跑處，早已擠滿了參賽的健兒，妮基發現自己被大約30,000個參賽者團團圍着，賽道上擁擠得水泄不通，而她的主要**對手**海爾格，正佔據着一個有利的起步位置。

3、2、1……**砰！**

3、2、1 ……出發！

參賽者們率先跑上維拉薩諾大橋，後面還跟着一羣試圖為選手開路，卻被**捲入**選手中間的鼠。

妮基暗想：「我不能全力衝上！」

她不斷地告訴自己：「我不能現在就**消耗**太多體力，我要留些體力在最後衝刺時發

力！」

　　前面領先的選手們，迅速穿過維拉薩諾大橋，然後又穿過布魯克林街區。

　　在賽道兩旁的鼠輩，表現出前所未有的熱情，為選手們加油助威。

　　「妮─基！妮─基！妮─基！」當妮基聽到喇叭裏傳出自己的名字時，她驚訝得**目瞪口呆**。

5

加油，妮基！

妮基看到嘎斯、弗洛和祖不停地揮舞着手臂，這引起了她的注意。當她定睛一看，才發現他們其實正在**揮動着**一幅橫額，上面寫着：

加油，妮基！

一瞬間，妮基的雙腿似乎迸發出無限的能量！她感到自己腳上似乎長了翅膀，這讓她開始超過一個又一個的**參賽者**。

這時，她前面出現了**鼠脊大學**校徽：銀色的背景，一條藍色的蛇纏繞在周圍。

「海爾格！」妮基一邊喊，一邊加快了腳步想要追上她。

妮基**均速**前進，她和海爾格一直保持着

一定的距離，以便在需要的時候超越她。

以這樣的速度，幾公里的距離是很容易趕上的。

不久，妮基看到女皇鎮大橋的**輪廓**，她應該在這兒發力趕上其他參賽者。看到這座大橋，她記起自己曾經在哪兒看過：「**曼哈頓**」這個詞來自印度語，意思是「山丘之島」。

「山丘！」想着一會兒要跑的是斜坡路段，妮基頓時感到腳上就像灌上了**鉛**，變得沉重起來。

疲憊比她預想中來得早，此時，她的內心有些**害怕**。她能堅持到終點嗎？！

妮基看到跑道沿途設有休息站，便在那兒暫停下來，喝喝水，然後用濕毛巾擦了擦腦袋。

海爾格也停下來喝水。當她回頭時，發現

妮基就在自己的身後！

也就是在這個時候，在**陶福特**大學，菲在屏幕上看到了妮基。

「加油，陶福特大學！」菲落力地大喊，就好像妮基能聽到一樣。

這回輪到海爾格咬牙了，她的步伐也變得**沉重**起來了。

當時，她們是在第一大道上賽跑着，那是一條充滿**斜坡**的路段。在這兒，她們快要完成第33公里了。

海爾格跑得**越來越慢**，這是個超過她的好時機。

這時，妮基又看到一幅橫額，上面寫着：

妮基，我們的夢想！

妮基得到鼓勵後，她微笑了，正準備超過海爾格。但就是在那個時候，她踩到一塊其他鼠用過的**濕海綿**……

終點
比賽結束了！

妮基的腳滑了一下，幸好沒摔倒，可是，她感到腳踝像被刺到一樣疼痛。

她**心裏**♡開始有些慌亂：「意外事故！不！不要現在出現！不要在紐約**馬拉松比賽**上發生！」

妮基迅速穩住身體，繼續向前跑去。雖然她的速度有些**慢**，但她仍然堅持着沒有放棄。

她的腳踝只是有點兒**扭傷**。如果繼續**堅持**下去，也許她能跑完全程！

此時，海爾格又一次跑遠了……

而在中央公園的**入口處**，歐柏克爺爺和他的朋友們從黎明時分就開始在那兒等着妮基了。他們那麼早到場，是因為他們要去佔個好

的地理位置，好讓他們能看清楚第一批率先到達終點的馬拉松選手們。

冠軍來了，一個來自肯尼亞的選手，以2小時8分鐘的成績第一個到達終點。

接着，一個女孩以2小時20分鐘的成績跑完全程。

雖然選手們都很疲累，但卻顯得很高興。

大概一個小時後，歐柏克爺爺在鼠羣中看到妮基了，她馬上就要到達中央公園了。他一看見妮基，就吹起口哨和響起喇叭。

嘟嘟嘟！嘟嘟嘟！嘟嘟嘟！嗚嗚嗚！嗚嗚嗚！嗚嗚嗚！

歐柏克爺爺搖着陶福特大學的旗子，大聲喊着：「加油，妮基！飛過終點！」

妮基看到大家紛紛給她加油助威，驚訝得說不出話來。怎麼能讓這麼熱情的支持者

失望呢？終點就在眼前，妮基竭力鼓起全身的**能量**向前跑！

妮基又一次跑到海爾格的前面。

海爾格的腳步很**沉重**，她試着用手肘來阻礙身邊的選手，好讓她能稍微領先一點點。

這是有違體育精神和道德的！

當海爾格試圖這樣對付在她身後的妮基時，妮基敏捷地 ———▶ 閃開了，於是海爾格的一擊**落空**，摔倒在地。

「做得好！」在旁給妮基助威的薇歐萊特大喊道。

　　妮基只是**慶幸地**笑了一下。

　　然後，妮基走上前去，向海爾格伸出手，把她拉起來。

　　海爾格站起來後，**疑惑地**看着妮基，結結巴巴地說：「謝謝！」

　　妮基對她**笑了笑**，就繼續飛快地向前跑去。

　　在最後一段的賽程，妮基跑得飛快，就像是在飛一樣。

　　就在即將衝過終點之際，妮基看到在賽道旁為她助威加油的好朋友：潘蜜拉、寶琳娜、薇歐萊特和科萊塔，她們正興高采烈地互相擁抱，為她鼓掌，為她**叫好**！

她到達了！　　　　**她真厲害！**

　　然後，妮基看到自己眼前閃爍着：

終點！

　　到達終點了！

　　她贏得了自己的馬拉松比賽！！

太厲害了！

　　幾分鐘過後，海爾格也到達終點了。這次她面帶微笑，看來很友善。她一看到妮基，就馬上走過來跟她握手！

　　「你真厲害！」海爾格說，「你真的跑得很好。不過，你能不能告訴我你保持體力的

秘訣？你有在進行**特別**飲食嗎？」

　　妮基感到有些不好意思，就在她剛開口想說些什麼時，菲姊妹們擁上來了，紛紛**親吻**着她和祝賀她。

　　塔谷一家和妮基的一眾支持者也隨後圍過來了。文斯**舉起**妮基，大喊：「請大家都去薄餅店**慶祝**吧！」

你真厲害，妮基！

哇！

然後，妮基轉身時剛好看到正要 離開➞ 的海爾格。

她追上前去，對海爾格說：「我沒有做什麼特別的節食。其實，真正對我的 **長跑** 有幫助的是 **友誼**！這世上沒有什麼東西比友誼更加有力量了！你想試一下嗎？你也跟我們一起去慶祝一番吧！」

「抱歉，我不去了！」海爾格向不遠處 **看了一眼**，回答道。她的爸爸正在那兒 **一臉嚴肅** 地等着她。她頓了頓，接着說：「但還是要謝謝你邀請我，再見了，妮基！你教了我很多東西。你真是一個 **特別的** 女孩！」

薄餅聚會

在塔谷家的薄餅店裏，「薄餅聚會」的**慶祝儀式**已經開始了。

潘蜜拉的兄弟姐妹們突然**唱起**祝福歌來——**俏鼠菲姊妹**的嘻哈音樂！

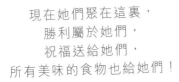

潘蜜拉和她的朋友們，
聰明又勇敢，
她們發現了鳳凰，
她們抓住了壞蛋！

現在她們聚在這裏，
勝利屬於她們，
祝福送給她們，
所有美味的食物也給她們！

俏鼠菲姊妹是她們的名字，
她們不僅漂亮，
還很善良，
就像……五塊甜美的乳酪！

當大家在熱鬧地慶祝時，寶琳娜的電話響起了。

那是陶福特大學**校長先生**的來電，他想和妮基說幾句話。

「妮基，**比賽順利完成了！** 你戰勝了鼠脊學校的運動員，為我們學校取得榮譽。而且，你表現得最好、最能體現**體育精神**之

處的就是當她摔倒時，你回頭把她拉起來！妮基，我為你感到驕傲！現在我把電話交給另一個想和你通話的朋友！」

幾秒鐘後，妮基聽到電話裏傳來一聲讚賞：「**太厲害了！！！**」

「**菲？！**真的是你？！」

「當然了！我一直看着你的比賽呢！我簡直緊張得**喘不過氣來**！你真的很堅毅！而且，我還知道，你們菲姊妹又解決了一個**新的歷險事件！**」

「是的，我們一回去就給你詳述這件事！」

當妮基接過那通溫馨的電話後，JT爸爸便請大家出去欣賞薄餅店的新**招牌**。而招牌

上有一塊布遮蓋着。

「我們給薄餅店改名了，取了一個可紀念菲姊妹**友誼**的名字。從今以後，這家薄餅店就叫……

友誼薄餅店！

俏鼠菲姊妹興奮地熱烈鼓掌，緊緊地擁抱在一起。

這真是一個非常**美好的**禮物，因為這象徵了她們**美好的**友誼啊！

歡樂的節日！

萬聖節是一個讓人驚嚇的尖叫之夜！要是一個不留神，你可能會被身邊的巫婆、吸血鬼、怪物等等嚇一跳呢！現在，人們都喜歡在萬聖節前夕參加派對，扮鬼扮馬，盡情玩樂。

假如你也想邀朋友一同歡度一個特別難忘又特別開心的萬聖節，你就得提前做好準備工作！大家快來跟菲姊妹一起籌備萬聖節派對吧！

獨特的萬聖節派對請柬！

在籌備萬聖節的派對聚會時，你當然要悉心自製一張獨特的請柬！以下是一些自己做請柬的方法。

材料：

- 幾張橙色和黑色的顏色紙
  （需視乎你想邀請的人數）
- 一把安全又好用的剪刀
- 一張卡紙

1. 在卡紙上，先畫出一個蝙蝠輪廓或者南瓜輪廓，然後裁剪下來做紙模。

2. 拿出一張黑色的紙對摺。接着，把剪好的蝙蝠卡紙放在黑色紙上，用鉛筆在紙上描繪出卡紙模型的一半輪廓，以方便剪出對稱的圖形。

3. 按照紙上剛畫好的線條進行裁剪，然後打開這張紙，並寫上你的邀請！記住要寫清楚派對的時間和地點等重要信息！

4. 用卡紙和橙色的紙，重複以上的步驟來製作南瓜形的請柬，這樣你就會有獨特的蝙蝠和南瓜請柬來邀請好友了！

為萬聖節派對，
營造令人毛骨悚然的氣氛！

　　為了令萬聖節派對更有節日氣氛，我悉心裝飾場地，為大家帶來驚嚇！

　　你也可以試試從家具裝飾上入手呢，例如用黑色和紫色的布料來覆蓋椅子，並在椅腳最底下用一條黃色的絲帶綁上蝴蝶結來固定。如果你有想增添萬聖節的氣氛，也可以使用藍色的絲帶進一步裝飾，在布上黏上許多塑膠小蜘蛛或者毛蟲。

嚇人的聲音！！！

　　在招待客人時，你一定不能少了準備讓人毛骨悚然的聲音！

　　你可以……

- 往鐵製的平底鍋中倒入一些米粒或豆子，然後把鍋子搖搖看，你就會得到下雨的聲音。
- 不停地摩擦玻璃紙，就會得到火在燃燒的聲音。
- 將一個膠袋晃來晃去，你會得到蝙蝠拍翼的聲音……
- 如果你把上面這些聲音都錄下來，然後在萬聖節聚會那天，關掉燈，放給你的朋友們聽……相信我，你會成功地為他們帶來驚嚇的！

「可怕的」的
萬聖節禮物！

匙子怪物

　　大家可以取幾個沒有用的即棄白色膠匙子，然後在家中找一些舊衣物，剪下不同顏色的布條。你可以利用顏色紙、皺紙、顏色筆、膠水、剪刀或是不同顏色的泥膠和膠紙，發揮你的想像力和創造力來製作獨一無二的「匙子怪物」！

1
　　把匙子凸出來的那面當做怪物的臉部，並貼上舊布來給臉打上底色。然後，你可以發揮創意在上面畫出眼睛、嘴和鼻子，做成吸血鬼、怪物、女巫、幽靈或是鬼眼！

2
　　用膠紙把舊布固定在匙子的把手，然後給怪物設計一件「衣服」，用另一種顏色的布條、絲帶來裝飾一下。太簡單了，對吧？當然，你還可以用不同顏色的泥膠來做眼睛、頭髮和其他的裝飾，令這個「匙子怪物」更立體呢。

「可怕的」的萬聖節禮物！

蜘蛛怪

材料：

- 黑色毛線
- 袋子封條（例如曲奇袋封條或垃圾袋封條）
- 塑膠立體眼睛
- 長方形卡紙
- 紅色手工紙
- 膠水

1 把黑色毛線繞在卡紙上直至把卡紙全部覆蓋。完成後，慢慢把毛線移出卡紙。

2 用四根袋子封條平行貼近毛線圈，用另外一條黑色毛線從線圈和袋子封條中間垂直紮緊，然後綁好並在中心打結。這條黑色毛線必須足夠長，因為在最後還會用到它。

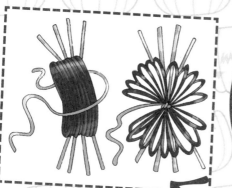

3 用剪刀上下剪毛線，如右圖所示。可以把毛線弄亂一點，這樣可以讓蜘蛛看起來更像真，更嚇人。

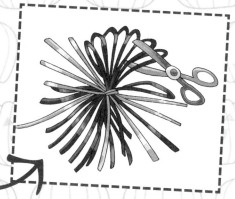

4 最後，給蜘蛛黏上塑膠立體眼睛（你也可以自己做，用紅色手工紙剪出一對眼睛），然後折彎蜘蛛的「腳」（那四根袋子封條）。這就是你的蜘蛛怪了！把它掛在你家裏讓人意想不到的地方，一定會嚇到他們的！

蜘蛛變形

用卡紙做兩個蝙蝠翅膀，然後用膠水把它們和那幾根袋子封條黏在一起，這種情況下不用折彎袋子封條。

這樣你就完成你的小蝙蝠了！

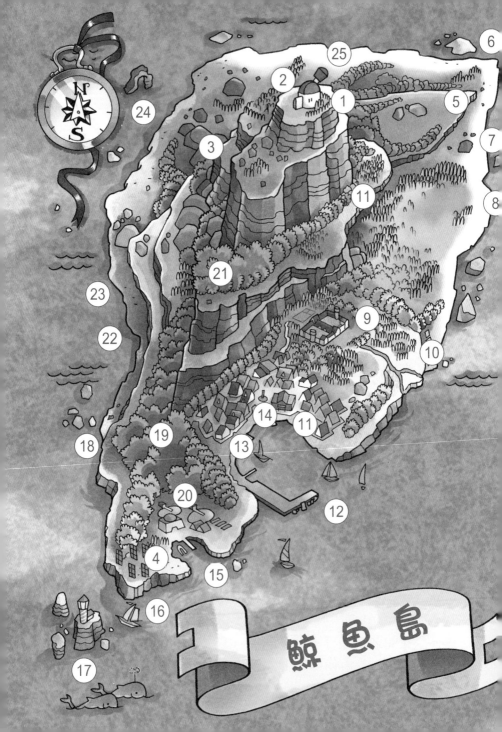

鯨魚島

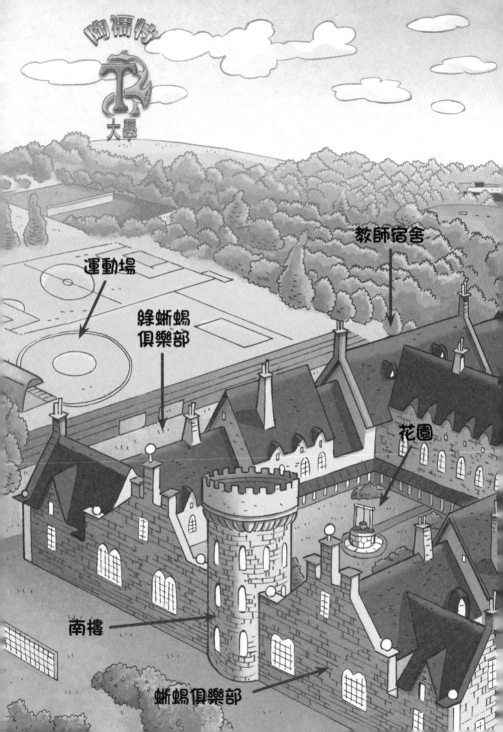

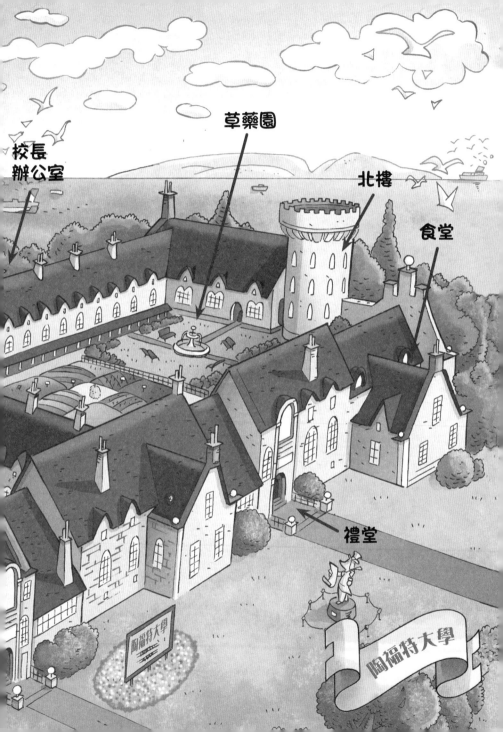

校長
辦公室

草藥園

北樓

食堂

禮堂

陶福特大學

陶福特大學